긴 강을 건너왔다

긴 강을 건너왔다

초판 1쇄 발매 | 2025. 2. 1.

펴 낸 곳	도서출판 느루북
편 집	강원일보 출판기획국
표지그림	선우미애
ISBN	979-11-980857-9-5

긴 강을 건너왔다

느루북

마음의 창을 열어
삶의 조각들을 담아내고자 합니다.
한 줄의 시가 내 영혼을 달래는 동안
그리움이 얽히어 긴 강을 건너왔습니다.

이 시집은 나의 이야기
우리의 이야기를 담고 있습니다.
읽는 이의 마음에 위로와 공감이 되기를 바랍니다.

시를 통해 만나는 당신과 함께하는 여정이
끝없이 이어지기를 소망하며
이 시들을 바람에 실어 당신의 마음속으로 날려 보냅니다.
그리움의 빈 손끝에서

2025년 겨울 어느날

박 미 숙

/목/차/

4부 우리라는 이름으로

겨울 자작나무

예술품으로 태어난 자작나무

하얀 눈 덮인 가지들
순백의 드레스 입은 듯
우아하게 뻗어있고
사이사이 검은 줄기는
강인함을 느낀다

차가운 바람 속에서도
흔들림 없이 고요한 모습
시끄러운 세상사
분주함을 잊게 한다

고요함을 잃지 않고
그 자리를 지키는
겨울 자작나무처럼
그렇게 살리라
꼭 그렇게 살아가리라

긴
강
을
건
너
왔
다

가을 담쟁이

아파트 담벼락에
기어오르는 담쟁이
수많은 식솔들 흔들리는 음계처럼
행여나 낙오될까
얽히고설키어 온몸을 부여잡는다

뜨거운 햇살 비바람에도 도도하게 오르더니
은밀한 감각 부여잡고 작별을 준비한다

오르막길 내리막길
좋은 날 궂은 날 있었으리
서럽도록 맑게 타고 오른다
틈과 틈 사이 서로 경계하는 사이
어둠이 오고 가로등 불빛만 환하다

어둠의 터널을 간다
한 잎이 가고 또 한 잎이 간다

그렇게 가을은 간다
그렇게 세월은 간다

나는 목말라 우는 짐승처럼 울부짖는다
담쟁이넝쿨 이파리 끝에
애처로운 눈물 매달려 있다

긴

강

을

건

너

왔

다

내 잠은 어느 곳을 헤매고 있는지

떠돌이 새도
개망초꽃 속에 잠이 들고
꽃들도 사분사분 잠들었다

밤은 어디를 떠돌고 있는지
나 홀로 앉아
내 잠은 기척도 없네

내일의 생기를 안겨줄
잠은 나를 잊었나

새로운 내일을 채우려
새들은 꽃 속에서 잠자고
나무는 꿈꾸며 잠든다

숙제 같은 내일이 또 올 터이고
밤은 깊어가는데
내 잠은 어느 곳에서 헤매고 있는지
허공에 손 내밀며 잠을 부른다

노을 이야기

종일 퍼붓던 장맛비
습한 공기 도로 위에 내려진
대룡산의 새벽

자늑자늑 내려앉은 구름
걷는 발길 평온하다

앞서 걷는 연로하신 노부부
마주 잡은 손
두런두런 무슨 얘기 그리 많은지

둥둥 하늘에 떠다니는
이야기
장밋빛 노을 같다

도둑 같이 온 첫눈

바람이 모질게 불던
가을 끝 무렵
폭설이 쏟아졌다
거친 운명의 칼바람 같은
지독한 외로움도 함께 내렸다

지나간 시간들
낙엽을 짓이긴 폭설에 갇혔다

마지막 숨을 몰아쉬며
낙엽이 바스러진 자리
준비도 없이 들이닥친 생의 자리

일평생을 마치고 가라앉는다
파리한 몸살을 앓는다

마음밭

황량한 마음밭에
가득한 고단함

덩쿨 속 깊이 묻어 둔
가슴 저린 이별

짙은 어둠
눈동자에 가득한 날
홀연히 떠난 그대

그리움 대신
외로움만 가득 쌓인
존재의 삶

버거운 발자국
무심한 마음밭에 진하다

긴
강
을
건
너
왔
다

멈춰진 새벽에

가련한 새벽에
커피를 내린다

포트에서 끓는 물
어둠을 달랜다

갈아진 원두와 만나는 생명의 씨앗

창가에 펼쳐진 고요한 풍경
커피 한잔에 시간이 멈춘 듯하다

망망대해 떠돌다 멈춰진 새벽
나만의 우주를 만든다

믹스커피

빗방울 창문에 대롱대롱
그리움도 명치 끝에 대롱대롱

전기포트에 물을 끓이고
커피잔에 믹스커피를 쏟는다

프림과 설탕이 녹아내리고
우수의 뜨락에 툭 떨어지는 눈물에
그리움도 한 수저 섞는다

긴 강을 건너왔다

21

병상 일기

싸늘한 공기
비릿한 냄새
수술실 소독 냄새
코끝에 스며들었다
의료기기 소음에
겁먹은 작은 몸뚱이

회색빛 병동
쇠창살에 올려진
파리한 두 손
말라 비틀어진 무말랭이 같다

하루를 마친 노을
구름도 부르고 별도 불러
따스한 등을 내준다

산다는 건

모든 게
소리 없이 간다
째깍째깍 시계
아무도 몰래 밤을 새우다가
세상을 깨우고

밤새
가느다란 가지에 매달린
마지막 낙엽
말없이 떠나갔다

지난여름 추억에 몸살을 앓더니
슬픔 가득 안고 홀연히 떠났다

창 너머 서성이는 그리움처럼
응어리진 여운
피멍 같은 비명이 파고드는 生

긴
강
을
건
너
왔
다

새벽은 특별하다

새벽은 특별하다
세상은 고요하고
커피 가루에 물 떨어지는 소리
명쾌한 음악처럼 설렌다

커피향은 나를 감싸고
뭉클 찾아오는 그리움에
행복을 달아본다

시간은 느리게 흐르고
천지의 소음 멀리 사라진
새벽

혼자만의 사색
지구가 다시 깨어나기 전
소중한 순간들
나비 날개에 고이 접어둔다

약해지지 마라

어둠 속 길을 잃은
차가운 바람
희망의 조각들
내 안의 생채기 붉어지는데
지워지지 않는 기억들
아픔이 더 깊어지더라도
약해지지 마라

고난은 지나가는 구름
비가 내린 후에야 알았으니
햇살이 바람을 감쌀 때
잠잠한 고통의 무게
날고 싶은 자유여,
끝까지 그대의 얘기는 계속될 테니
약해지지 마라

지울 수 없는 유년 시절

초가지붕 개울 건너 앞산
엄마의 무덤이 있는 곳

눈 뜨면 툇마루에 쪼그리고 앉아
앞산만 바라보며
엄마, 엄마
힘없이 부르던 어린 시절

지금은 먼 기억의 언저리에
무심으로 가버린 세월
야속타!

온종일
기억에 남아
아릿한 그리움만 흔들린다

집으로 가는 길

길 위에 찾아온 억새 바람 속
바다의 파도처럼 떠돌다가
긴 하루 마치고 집으로 간다

옷깃 여미고
까만 골목길 빠져나와
흔들리는 시내버스에
지친 몸뚱이를 맡긴다

먹빛 같은 설움
신발을 적신다

지상을 내딛는 밤안개
발이 시려온다

초승달 연가 1

그리운 손끝으로
새벽을 그려낸다

아픔의 흔적만이 홀로 남아
한 가닥 허기진 가슴
끌어안고 놓지 못한다

무엇을 보내고
무엇을 기다려야 하는지
뒷모습만 남기고 떠난 임
주마등처럼
그리움만 남는다

검푸른 새벽
어지러운 길목
손톱만큼 작은 너에게
그리움 한 줌 올려놓는다

초승달 연가 2

파르스름한 초승의 밤
총총이는 별무리
서럽고 애처로운 침묵

창문 사이로 스치는 바람
낡은 의자 위에 내려앉아
밤의 이야기 속삭여
누군가의 발자국을 기다리는 듯

가슴 속에 남아있는 흔적
갈팡질팡 그리움의 메아리가
달에 걸쳐 있다

텅 빈 그리고 무아

내가 없다
내가 보이지 않는다

사라지는 조각들
낯설어지는 세상

세상은 점점 어두워지고
불안이 나를 감싸 안는다

어디서부터였을까

차가운 침대가 나를 노려보는데
이불 속에 숨겨진 외로움이 고개를 든다

텅 빈 자리에
외로움만 가득하다

2부
밤비가 어둠을 깨울 때

그녀의 뒷모습

공원의 벤치엔
은빛 바람이 분다

무릎 위에 가지런한
주름진 손
지친 생각이 흔들린다

그녀를 지나치는 사람들
어수선한 세상의 소음 속
그녀만의 세계에서
여전히 사랑과 그리움으로 남아있다

그녀의 뒷모습은
노년의 아름다운 의미를 담고 있다

그녀의 뒷모습
엿보는 중이다

낡은 일기장

핏기 잃은 먼지가 서랍 속에 붙어산다
목숨 끊어질 만큼 부둥켜 안간힘을 쓰고 있다
어둠 때문이었을까 갑갑한 공간 때문이었을까
얼룩진 연필 자국이 보였다
부화할 수 없는 문장들을 붙들고 있다

무릎 한 번 펴보지 못한 채 구름 타고 오르신
엄마가 보고 싶었던 탓일까
예닐곱 살 어린아이가 울고 있다

엄마가 서랍 속 낡은 집에서
눈먼 채 허공 속 손짓을 하고 계셨다

덕지덕지 아픔의 비늘을 떼어내시는 엄마
아직도 굶주림을 기억해 내시는 엄마

담담히 쌓인 기억들 들추어지는 사이
가슴 밑바닥 기억 박박 긁어졌다
달가닥 달가닥 천지를 진동하는 사람의 무리들

엄마, 이젠 집을 비우고 나가셔도 됩니다

봄인가, 입춘인가
오늘은 서랍장 정리를 해야겠다

긴
강
을
건
너
왔
다

당신이 떠난 날부터

나의 아픔은
당신이 떠난 날부터
시작되었습니다

연분홍 꽃잎이 흩날리던 날
당신은 돌아올 수 없는 길을 떠나셨지요

허물어진 나의 삶은
비탈길로 내동댕이 쳐졌습니다

잠을 뒤척이는 텅 빈 방안의 쓸쓸함
목숨의 생을 건 눈물
죽은 꽃잎 흩어지듯 흘러내립니다

저 아득한 하늘에서부터
까맣게 죽어가는 앞산을 바라보며
나는 끝내 통곡하고 말았습니다

끝도 모르는 아픔이 시작되었습니다

동행

늙은 아비는 오늘도
아들 염려로 속울음 타는 눈 감지 못한다
오십 년 동안 다운증후군의 아들 곁에서
하루하루 살아내고 있다
아무것도 모르는 아들은 오늘도
맑은 하늘처럼 웃고 있다

한 생의 피붙이로 수레에 담고 끌고 가는 아버지
긴병에 효자는 없지만
긴병에 아버지는 있었다

인연의 길 따라 아들과 나란히 걸어가며
가난의 굴레에 갇힌 아버지
지난했던 세월 따라
타는 가슴 부둥켜안고
오늘도
같이 밥을 먹는다
같이 길을 걷는다
같이 울고 같이 웃는다

발자국에 밟힌 눈물

깊은 밤을 걷는다
걷고 또 걷는다

혼자 걷는 밤길이
눈물처럼 차다

산들바람처럼
다가오는 그대의 숨결

그곳 너무 멀어
그립고 외롭다

누구의 눈물일까
발자국에 밟힌 눈물

시리다

밤비가 어둠을 깨울 때

번개와 천둥소리로
하얗게 지새운 밤

빗줄기 굵어질 때마다
튀는 소리도 굵어진다

밤새 쏟아진 폭우 속
그곳에 서 있는 너

비에 젖어 매달려 있는
슬프고 고독한 너

빗소리에 숨죽여 불러본다

뿌리 속 아픈 고통
밤새 내린 비에 젖다

상처 난 꽃가지

맑은 거울 속에
연민이 들어있다

검은 슬픔 쏟아질 때마다
눈물로 흘려보낸 세월

오늘도 하늘엔
마파람으로
빈 구름만 넘나든다

상처 난 꽃가지에
진액 같은 서러움
덕지덕지 달라붙어
온몸이 저려온다

아프다
거울 속
삶이

생인손

툭 불거진 푸른 힘줄
메마른 땅 밭고랑 같다

통곡 쏟아내며 구불구불 널브러져
혼쭐 다해 명줄 잡고 있다

가슴 깊은 곳에서 내뿜는 고통의 짐들
무겁게 손등으로 몰려든다

생의 몸살
욱신거리는 삶의 아픔

침묵과 고요 속에 침잠하는 설움이
벌컥벌컥 솟구친다

생인손 같은 삶
한 짐 지고
걷고 또 걷는 길
울퉁불퉁 울고있다

아버지께 보내는 편지

퇴색된 아버지의 옷깃에
노란 산수유꽃 수를 놓아 드리고
작은 행복을 선사하고 싶었습니다

아버지의
아픈 손가락이었던 맏딸
힘없이 내딛는
걸음걸음 그 자리에
제 어깨를 내어 드리고
싶었습니다

적막이 내리던
어느 봄날
하늘로 소풍 가시듯
홀로 떠나셨지요

까맣게 통곡하는
멍 진 가슴
빈 그림자의 울음소리
아버지께 용서를 빕니다

아버지의
아픈 손가락
이제 그만 거두시고
부디 그곳에서
평안하시길 기도합니다

긴

강을 건너 왔다

아버지의 방석

신문 방석 삼아
봄볕에 앉아 계신 아버지

희미한 미소 속에
세월의 그림자 늘어졌다

사월의 햇살 내리쪼일 때마다
아버지의 주름진 손끝에
봄의 기운을 담는다

신문의 글자는 흐려지고
시간은 속절없이 지나가도
아버지의 방석은 여전히
우리에게 따스한 봄의 햇살이다

어머니, 고맙습니다

새색시 적 어머니
참으로 고왔던 모습

수많은 시간 속에
인고의 삶을 맞이하며
두려움과 서러움 한아름 안고
열아홉 살 시집오시던 날 기억합니다

기른 자식 낳은 자식
구별 없이 키워내신 어머니

지팡이에 의지하는 외출
고관절 병상에 주저앉아
기력은 날로 쇠퇴해져
하루하루 생을 이어가고 있네요

고단하고 아팠던 오랜 세월
어머니의 멍든 가슴
눈물로 살포시 안아드립니다

긴
강
을
건
너
왔
다

45

엄마 닮은 초승달

겨울 산
잎을 다 지운
뒤란의 감나무 사이로
엄마 얼굴 비친다

앙상한 갈 숲 자락
흐느낌 같은 저 소리는
바람처럼 걸어오시는 엄마의 목소리다

흰 소매로 애써 아픔 감추며
나를 품에 안는다

세상이
이처럼 아름다운데
왜 그리 바쁘셨는지

엄마 눈썹 닮은 초승달
또르르 눈물 떨군다

엄마가 그립다고
너무도 그립다고
중얼중얼 눈물 훔친다

엄마 보고 싶어
엄마 보고 싶어

훌쩍 새가 든다

긴
강
을
건
너
왔
다

엄마가 그립다

발치 앞에 떨어진 단풍잎 하나
고개 들면 붉은빛
눈으로 풍덩 쏟아진 것 같다
한 편에 걸어 두었던
코발트 빛 그리움 하나
툭 떨어진다

엄마가 몹시 그리운 날
맑은 하늘 쳐다보니
텅 빈 가을만 가득하고
그리움 낙엽 위로 쓸쓸히 쌓인다

엄마가 그립다
참 그립다

엄마의 기일

달력에 동그라미 원을 그렸다
해묵은 찻잔처럼 그려졌다

아침햇살이 찻잔에 들어앉았다
빛바랜 표정들이 이리저리 수선거린다
아랑곳하지 않는 엄마의 목소리
흰색 저고리 끝동에 울리는 손놀림
피부 깊숙한 상처 덧나지 않도록
바늘 끝자리로 한 땀 한 땀 꿰매주시던
양말 뒷꿈치
헤진 양말 몇 장 접어두시던 날, 그날
엄마는 먼 길 떠나셨다
관뚜껑도 닫아드리지 못한 어린 나이였다
여울물에 흔들리는 울음소리는
동백꽃 피고 지듯 들려온다
한 올 한 올·그리움 엮어내는 굴렁쇠

오늘은
엄마가 떠나셨던 날이다
하얀 꽃비가 엄마보다 먼저 내려온다

엄마의 기도

밤을 기다리고 있다고 생각했는데
어느새 새벽이다

어떤 꿈을 꾼 것일까
새벽이슬이 눈알을 굴리며 울었다
밤새 흘린 별들의 울음소리 같다가
지상의 한 모서리에서 서성대는 그림자 같았다

너에게로 달려가기 위해
주섬주섬 신발 끈을 묶었다가
다시 주저앉아 슬픔을 풀었다

그래. 출근길 전철 속에서
하루를 시작하고 있을 거야
세월을 감당하기 어렵다던 말은
북두칠성의 별들이 다 들었을 거야
가슴에 박히던 대못 같던 슬픔은
이슬처럼 녹아졌을 거야
돌아올 봄은 아득하기만 한데
엄동설한 추위는 왜 이리 떠들썩한 건지

엄마의 언 손을 모아
오늘의 첫 기도를 하고 나니
가슴속 꽃대궁 따끈하다

긴
강
을
건
너
왔
다

여인의 길

어두운 길을 간다
막걸리 한 잔
소주 두 잔에 취한 길

휘적휘적 걷는
어머니의 발자국도 취해 있다
아버지 떠나시고 흔들리는 황혼길

지아비 손길 지워보려
애쓰는 어머니
술잔에 떨어진 붉은 눈물
늙은 여인의 길을 내주고 있다

이별 준비

천식을 앓고 있는
아버지 곁에 누워본다
마른 손 보랏빛 힘줄 선명하다
주름과 주름 사이 곡괭이 자국
아버지가 일궈놓은 밭고랑이다

홍수로 삶의 터전 잃고
빈손으로 춘천 시내 월세방 얻어
걱정 근심으로 키워낸 사남매
주린 배처럼 애태우시다가
막노동으로 천식을 얻은 아버지

초점 없는 눈빛과 거친 숨소리
허공에 휘젓는 손짓

아픈 시간 속
속울음 토해내며
아버지와 그렇게
이별 준비를 했다

긴
강
을
건
너
왔
다

열아홉 살

엄마
시집오던 날
여섯 살 소녀는
족두리 뒤에 숨었다

연지 곤지 고개 숙인
수줍은 열아홉을 만났다
아~이쁘다

그날 이후 숨죽인 그늘
가슴에 묻고 지내온 서러움
늪 속 울음의 허기진 눈물이었다

팔십 중반이라는 무게에 실려
물결무늬로 흘러내린 주름들
하얀 웃음으로 속여왔던 세월
멀고 머 뒷전에서부터 피 멍든 영혼
꿈틀꿈틀 멍이 풀어지기 시작한다

가슴으로 낳아 길러주신 엄마
긴 강을 건너와
이제야 인사드립니다
정말 감사합니다

긴
강
을
건
너
왔
다

잘 살아주면 안 되겠니?

오늘도
아버지는 눈치를 살피면서
손짓해서 부르신다

마른 손에 한 뭉치
내 손에 넘겨주신다

한 발자국도 뗄 수 없는
위기의 그 순간에
아버지는 맨발로
내 앞에 걸어오신다

잘 살아주면 안 되겠니?

희미한 눈동자에
눈물이 방울 맺혀있다

그리움의 빈 손끝에
억장이 무너진다

흙집

홍천의 야트막한 산자락에
흙집 지어 당신 묻어놓고
잃어버린 사랑 찾아 다시 왔습니다

엎드려 큰 절 두 번 올리고
그대로 주저앉아
당신께 안겨봅니다

무덤 위에 조심스럽게
올라온 잔디 풀들 쥐어뜯으며
당신을 원망도 하면서
다 이뤄내지 못한 사랑 가슴에 안고
다시 온다 약속하고
천근 같은 발길 되돌렸습니다

다음엔
하룻밤 묵어갈 수 있도록
군불 따끈하게 지피어 주세요

3부
미안하다는 말도 미안해

그리움은 갈색이다

저만치서 불어오는 갈바람에
물풀처럼 자란 그리움
가슴 한 귀퉁이에
갈색으로 자리 잡아
소롯이 담겨진다

며칠 전까지 보지 못했던
이름 모를 들꽃
기다림에 야윈 사랑 아는 듯
가을에 물들어가는
갈색 발목 휘어잡는다

그곳이 어딘지 아니

가나다라는
어디에 숨었을까

혼수상태의 늪에 빠져
아무런 반응 없이
혼자 누운 중환자실
인공호흡기 매달고
어느 강에 있는지

삶과 죽음이
무엇인지도 모르는 너
새벽 네 시
허겁지겁 달려간 응급실
너의 마지막 모습
눈에 가득 담았다

다섯이라는 숫자에 갇혀 살아온
오십 년
옹알이만 하다 떠난
천형 같은 눈물

홀연히 떠난 그곳
그곳이 어딘지 아니

긴
강
을
건
너
왔
다

끝달에 서서

잿빛 하늘
어두운 지구의 모퉁이
우울하게 서 있는 그대

비처럼 쏟아지는 눈물
파리하게 질린
불안하고 두려운 건 무엇일까

등을 돌리고 가는
사람들의 웅성거림
울음처럼 들린다

찢겨진 생채기
붉은 눈물바다에
발자국을 남겼다

단비 같은 아이

누군가 내 심장을
꼭 쥐었다 놓은 것 같았다

어느새
아이는
내 심장에 들어와 있다

심장 소리가 빗소리처럼
후드득 거린다

몹시 마음이 말라갈 때마다
단비 같은 아이는
장대비가 된다

분신 같은 아이
심장에 박힌다

내 삶의 신기루 같다

독백

설움이 쌓여 말을 잃을 때도 있있다
주저앉고 싶을 때도 있었다
가다가 울컥 목이 멜 때도 있었다
늘 내 눈물의 진원지였던
오물 같은 굴레
어느 것 하나 쉽게 흐르지 않았다
삶과의 관계라는 설정이 외로울 때면
허허로운 빈 바람에도 온몸은 으스러졌다

꿈을 접은 흰머리
깊게 패인 주름들
여기저기 질척대는 몸뚱이
아직도 책임질 것이 남았을까
시루 속 콩나물처럼
불쑥불쑥 올라오는 말들
먼지처럼 쌓여 짓밟히고 있다

먹빛 그리움

한 줄기 빛도 없다
기억조차 꺼낼 수 없는 터널 속

일순간의 어둠 앞에 두 무릎 꺾고
스멀스멀 기어드는 어둠의 맥박 소리
푸른곰팡이 온몸으로 번져
내 심장은 쿵쿵 짓밟히고 있다

날마다 내 머리맡을 지켜주던 당신
어느 강 허공을 헤매고 있는지
먹구름 같은 세상

당신은 아는가
홀로 외줄 타는 기다림

하나 둘 사위어가는
불빛들 속에서
가슴을 치고 들어오는
먹빛 그리움

목울대 같은 그리움

어젯밤 내내
나뭇잎 떨어지는 소리에
잠을 설쳤다

바람이 불 때마다
헛헛한 내 심장엔
서걱서걱 쌓이는 낙엽처럼
그리움이 목젖을 타고
목울대가 넘어온다

호통의 바람 속에 쓸려나가는
선혈 같은 상처
그 깊은 골짜기 수북수북 쌓인다

미안하다는 말도 미안해

네가 떠난 지
사 개월
그리운 주머니
가슴 깊은 곳에 달고
치렁치렁 울음 끌며
납골묘를 찾았다

잘 지냈니?
목소리보다 통곡이 먼저 나와
너를 부른다

미안해
그냥 미안해

바람이 많이 부는데
그 하늘에서도
감기조심 하거라

버팀목

아직도
너의 발걸음
가볍지 않구나

짊어진 어깨의 고단한 무게
마음속 먼지처럼 쌓인 그늘
엄마가 만들어준 것 같아서
늘 미안하고 안쓰럽다

너는 내 삶이었고 빛이었어
힘든 세상에 너의 따뜻한 마음
주저앉고 싶을 때도 나를 일으켜 준
가장 귀하고 소중한 존재

이젠
너의 짐
가벼웠으면 좋겠다

새의 깃털만큼은 아니어도
푸른 하늘을 나는 새처럼
하늘 위로 구름 따라 소소하게
지친 마음 위로 받았으면 좋겠다
화들짝 행복이 피어났으면 좋겠다

긴
강
을
건
너
왔
다

별 같던 아이

강촌이 내려다보이는 그곳
그 아이가 잠들어 있다

촛불처럼 밝고
샘물처럼 맑고
흑암처럼 어둡고
하얀 눈처럼 고왔고
사슴의 눈처럼 슬펐던 아이

별 같은 아이
별 같은 그 아이

오십 년 삶을 살면서
어떤 꿈을 꾸었을까

입속으로만 옹알이하다
저 별 속에 숨어버린
가여운 아이

오늘 참 보고 싶다

그 아이
별 같은 아이
별 같은 그 아이

.

긴
강
을
건
너
왔
다

설날 아침

새해 아침
떡국 대신
술잔 들고 너를 찾았지만
그림자도 찾아볼 수 없구나

내가 해준 떡국
함께 먹던 시간들
다시 돌아오지 않을 세월
이별의 잔 속에
통곡 같은 그리움 담는다

언제쯤이면 너를
편히 보내줄 수 있을까
언제쯤이면 너를
까맣게 잊을 수 있을까

아름다운 노을로 가버린 그대

초록의 칠월에
검은 구름으로
시작하는 하루

가슴 치는 통곡 소리
풀밭에 걸어놓고
나뭇가지에 앉아
떨구지 못하는 그리움

삶의 의무를 다 끝낸
겸허한 마침표 하나
여명의 햇살로 왔다가
아름다운 노을로 가신 그대

부활의 기쁨으로
꽃을 달고 오시길 기도한다

아버지의 오열

이별이
입안을 까칠하게 했다
바람벽에 부딪치는 통곡 소리
아버지의 탄식이 입속에 가득하다

오십 년 지고 온 짐 내려놓고
홀연히 떠나간 그

몇천도 불 화구 속으로 타들어 갔다
반짝이다 사라졌다
하얀 도자기 속 한 줌의 재
마지막 체온 느끼려
가슴에 꼭 안은 아버지를 보았을까

하얗게 탄 입술 깨물어 뜯어본다
대신 갈 수 없는 하늘길

아버지는 통곡으로 몸부림 친다
진흙길 자갈길 가시밭길이라도
막막한 그 길 따라나선 가냘픈 몸
한 번만이라도 안아보고 싶다고

아픈 손가락

쉰한 살
장례식장 한편을 서성이듯
환한 불빛이 가슴을 누른다

울고 있는 저 사람
무슨 말로 위로할 수 있을까
손을 잡고 울 수밖에

평생 품어 끌고 왔던 수레
이젠 빈 바퀴만 굴러가겠지

축 처진 어깨로
문상객을 받는 저 사람
억장이 무너진 절벽처럼 보였다

머리에서 발끝까지
공들여 키워낸 아픈 손가락
어찌 보낼 수 있을까

우울한 몽상

그렇게 설쳤던 긴 밤
황야 같은 들판을 자맥질할 때
우울한 아픔 속에 머물러
마음의 문을 쾅쾅 닫아걸었다

막새바람 불어오는 날
내 안의 상처는 곪아가고
고뇌의 숨소리
칙칙한 공간에 소소히 잠긴다

어둠 속에서 빛을 찾고
희망의 불씨를 찾아 눈을 떴다

철저히 혼자 되어버린 깊은 고요
울에 갇힌 인생
길 잃은 상처뿐

울음소리

바람 따라 왔는데
어두운 길에 혼자 되었다

세상의 소음 사라지고
마음속의 소리만 선명해진다

나는 왜
아무도 없는 어둠 속에서
혼자 서성이고 있을까

길가의 나무들
검은 실루엣으로 갈아입고
가끔 바람 불어와 옷깃을 펄럭인다

고독이 나락으로 곤두박질치고 있을 때
누군가 우는 소리가 들렸다

바람소리였을까
아직도 잠들지 못하는
내 영혼의 울음소리였을까

하세월이 아프다

저무는 시간 속에
세월은 무심히 흘러간다
열매를 잃어버린
노년의 쓸쓸함

공중을 뒤흔들며 떨어지는
분분한 낙엽들의 허무
깊은 미소 한 줌 머금는다

하세월이 아프다
나도 아프다

홀로 견뎌내야 하는
내 노년의 삶
눈물이 핑 돈다

하얀 발자국

그리움 앞세워
밤새 눈이 내렸다

하얀 길 위에
발자국 하나 둘

고요하다 세상은
누군가 그리워
작은 카페 창가에 앉았다

속살 아릿한 신음소리에
지그시 눈을 감는다

사람들의 웃음소리에 섞인
나는, 혼자다

하얀 발자국 따라
다시
봄이 올 거라고 기다리며
문고리를 잡는다

휴가 좀 보내주세요

세월이 흘러노
무뎌지지 않는 슬픔
켜켜이 쌓아놓은 이불 위에
비스듬히 기댄 작은 몸
눈물 속에 아련한 엄마의 모습
흐릿한 눈 속에
어린 남매 담아가려 애쓰셨다

엄마 젖꼭지 찾아
칭얼대던 어린 동생
그 모습만 어렴풋이
오랜 세월 흘러도 눈에 아른거린다

심장까지 도려내는 그리움
서러움 뒤에 숨어
또 서성이고 있다

보고 싶은 우리 엄마
하늘이시여,
우리 엄마 휴가 좀 보내주세요

힘들 때마다 생각나는 그곳

초록 햇살
맑은 공기
산길을 걷던 어린 시절

바람에 실린
알싸한 풀냄새
나뭇잎 끝에 앉은
아기새의 날갯짓

보자기 펼쳐놓고 책을 읽으며
풍요로운 자연에
평화롭던 산골 마을

맑았던 동무들과 함께 뛰놀며
나를 찾아가는 여정이었다

힘들 때마다 생각나는
그 시절
그곳

모두 떠난 자리
참 그립다

4부
우리라는 이름으로

가을의 끝에서

회색빛 커튼 걷어내니
우두커니 서 있는 나무
애달픈 신음소리 들려온다

애처로이 매달려 있던
색바랜 단풍잎 툭 떨어지니
허기진 바람만 지나가고
사그라드는 낙엽 아프게 바스러진다

하나하나의 인연들
사막의 멀고 먼 끝자락에 선 가을
혼자 외롭게 떠나가고 있네

그녀는 참된 친구

비 내리는 오후
한 손에 우산을
또 한 손엔 종이 가방을

어디 하나 모난 구석 없는
동그란 그녀의 마음

건강은 뒤에 감추고
가족 먼저 이웃 먼저 챙기는 그녀

종이 가방 안에
곱게 빚어 놓은 송편
가지런한 오이소박이
그녀처럼 단아하고 수줍게
우리 집 식탁 위에 앉아 있다

추석 명절 외로울까 봐
내밀어 주는 그녀의 손길

참된 친구
그녀의 이름
달빛처럼 고요롭다

기다림

밤하늘 바라보니
유독 반짝이는 별 하나
마음속 깊은 곳에
쌓여있는 외로움
스멀스멀 고개 들어 올라옵니다

시간은 흘러가고
계절 바뀌어도
변하지 않는 건
옹이처럼 박혀있는
첩첩 쌓인 외로움입니다

부드러운 햇살 마당가 비추일 때
얼어붙었던 마음 녹여주길 바라며
차분히 쓸쓸함의 노래를 불러봅니다

나즉한 노래 소리 듣고 있나요
앞산 중턱쯤까지 오셨을까요
나를 내려다보며 손짓이라도 해주세요
맨발로 뛰쳐나갈 테니까요

길고양이

작은 몸 움츠린
길고양이
외롭고 처절한 눈빛

차가운 바람 속에서
그리운 집을 꿈꾸며
배고픔에 지친 발

흔들리는 나뭇가지
둥지 찾아 이리저리
추위에 떨고 있는 그 모습
마음 한켠
칼로 베인 듯 아리다

내일은 또 다른 날
희망이 있을 거야

길고양이 너의 하루에게
햇살 한 점 비치기를
두 손 모아 바라는 마음

내 동생

작은 손길
내 마음을 어루만지고
웃음으로 세상을 환하게 밝히어
큰 힘 되어준 너의 존재

어린 시절의 추억을 나누며
서로의 비밀을 지켜준 동반자
때론 다투기도 했지만
봇물처럼 쏟아지는 웃음으로
결국 우리는 친구가 되었지

함께 울고 웃었던 날들
고마워 나의 여동생
너는 언제나 무지개 같은 희망

앞으로도 함께 걸어가자
너의 행복이 나의 행복이니
세상의 모든 사랑 담은 우리 사이
세상에서 가장 특별하자

눈물 빛 별 하나

밖으로 외출한 지 오래다
즐거운 노래가 사라진 지 오래다
식구들 대화가 떠난 지 오래다

이방인의 옷을 입고 다가오는
회색빛깔의 옷
지붕 위에 덜렁 앉아 있다

비탈진 세월 기울어진 저울대
다시 균형을 잡을 수는 없는 걸까

겨우 명줄을 잡고 있는
저 별
눈물 빛 별 하나

다가올 새벽처럼

나뭇잎 하나
찬 머리맡에서 운다

세월에 닳아 떨어진 낙엽
가을의 끝자락처럼

허공을 채우는 바람에도
횡궈지지 않는 슬픔

허기진 계단을 내려오는데
흩어진 어둠이 누워 있다

다가올 새벽처럼 다시 올 봄
초록 이파리의 꿈 꾸어 본다

먼지 쌓인 책들

한동안 펼쳐보지 않았던
오래된 책들과 마주한다
오래된 친구처럼 다정하다

이 책들 언제 다 샀을까
아직도 체온이 느껴진다
함께 지나온 세월

쌓여진 먼지 속에서
나를 보고 웃고 있다

세월이 가도 그대로
조금도 다르지 않네

무심

마음속 고요한 바다
일렁이는 파도
잊혀지고 사라지는 기억들
모래처럼 부드럽게 흘러간다

하늘 바라보며 숨을 쉬고
세상의 소리는 잠시 멈추고
내 안의 소음만 들려온다

조용한 평화
무심하게 숨겨진 호흡
진정한 나를 마주하는 시간
진리를 찾는다

가끔은 복잡한 지구에서 벗어나
무심히 필요해

내가 누구인지
잊지 않도록

긴
강
을
건
너
왔
다

바람이 데려다준 당신

잠들지 못한
꽃이 있었습니다

비가 오나
눈이 오나
모진 바람 몰아쳐도

잠들지 못한
꽃이 있었습니다

바람의 틈사이로
당신이 보였습니다

푸른 가지 끝 사이로
당신이 보였습니다

바람의 맞닿음
그 경계쯤에서
당신의 마음이 보였습니다
부드러운 눈길이 보였습니다

바람이 데려다준 당신으로
꽃은
깊은 잠을 잘 수 있겠습니다

따뜻한 손을 내민 당신으로
꽃은
아름다운 향기 피울 수 있겠습니다

긴
강
을
건
너
왔
다

바람이고 꿈이길

안개 속을 걷는다

터질 것 같은 가슴을 움켜쥐고
꺼억꺼억 속울음 토해낸다

가시 같은 붉은 피톨
온몸에 소름이 차오른다

길 잃은 새끼에게
나침반이 되어주고 싶은
어미의 마음

간절히 하늘에 닿기를
두 손 모아 본다

이 모든 것이
지나가는 바람이고
꿈이길

별들의 눈빛 맑다

하루를 마치고
처마까지 허무한 공간
무언가 잃어버린 듯
엉거주춤 생각에 잠긴다

해가 뜨고 지는 걸 보며
시간은 그대로 흐르는데
바람에 흔들리는 거미줄처럼
빈 껍질만 둥둥 걸려있다

어디선가 들려오는 웃음소리
그 소리는 먼 곳의 이야기
으슥한 골목길에 어둠이 내린다

꼬리를 길게 단 별들의 눈빛 맑다
내일은 날씨가 맑을 모양이다

불안의 그림자 너머에 빛이 있다

일상 속에서의 불안
전문가의 도움이 필요해
정신의학과에 방문했다

대기실에 다양한 사람들
따뜻한 조명 아래
각자의 사연을 담은 표정
초조한 동공은 허공을 날았다

의사 선생님은 조심스럽게
이야기를 들어 주셨고
나의 감정에 공감해 주었다

더 깊이 이해하고
나를 사랑하는 계기를 만들어
나의 일부인 불안과 마주하려고 한다

비 개인 날
그림자 껍데기 벗겨낸
무지개로 다시 떠오르며
민들레 씨앗처럼 하늘을 날 것이다

구름에도 앉아보고
바람에도 귀 기울여보고
빛을 찾아 나설 볼 참이다

오로지
나를 위한 시간들을 채워가며
병원을 나선다

긴
강
을
건
너
왔
다

삶이란 나뭇잎 배처럼

내 등을 휘감고 다니는 바람이
깊숙한 옹이처럼
시퍼렇게 멍이 들어
가슴마다 사무치는 외로움

고인 눈물 쏟아내지 못하고
절절하게 스미는 끈질긴 고통

망망대해 뜬 나뭇잎 배처럼
파도를 견디며 산다는 것이
늘 몸살을 앓듯 오들거린다

참
산다는 건 어려운 거야

첫눈 내리는 날

아무 소리도 없이
가슴에 닿은 무거운 것
온종일 내리는 눈길 따라
사색의 길을 연다

가만히 창가에 앉아
눈 내린 앞산 기억을 쫓아
여름날 뽀얀 이불 홑청처럼
하얗게 널려있는 풍광에 빠진다

사랑 시 한 수
첫눈 위에 올려놓는 아침

긴
강
을
건
너
왔
다

우리, 라는 이름으로

어찌해야 하나
그런 마음 붙들고 살았습니다
가시 같은 눈 속에
수근거리는 모습들
견디기 힘들었습니다

당신과 나를 둘러싸고 있는 많은 것들
어쩌면 이렇게도 모질까요

여러 길 앞에서 내가 가야 할 길은
그래도 당신 곁이었습니다

우리 손 꼭 잡고 다독이며
헤쳐 나가자고 했지요
주저앉지 말라고 했지요

바람이 데려다준 당신
우리, 라는 이름으로
함께 하자 했지요

모진 세월 티끌이 된다 해도
길목마다 숨겨진 어둠이 온다 해도
우리,라는 이름으로
당신 손 꼭 잡을게요

긴
강
을
건
너
왔
다

흔들리는 11월

그리움 만큼
흔들리는 11월
끝인 줄도 모르고 떠나던 그날

너만이 할 수 있는 특별한 방식으로
세상을 보여주었던 너
천사처럼 맑은 미소로
내 가슴에서
다시 태어난 날

의사소통은 어려웠지만
마주 보는 눈빛으로
수만 가지 이야기 나눌 수 있었지

때로는 상처받는 과정도 함께하며
인고의 시간 속에서
붉은 울음도 견뎌내었는데

밤하늘 별이 된 너
거리만큼 그립구나